Der Vogel, der den Regen liebt

eine Fabel

von Björn Nonhoff

Herstellung und Verlag dieser Ausgabe

BoD – Books on Demand, Norderstedt

ISBN: 9783755755968

Für Per, Finn und Ronja

Für die kleinen und großen, liebenden Vögel und
die Liebe im Leben, davor und danach

es gibt viele Vögel,

die einen sind anders,

die anderen auch.

Like a bird on the wire
Like a drunk in a midnight choir
I have tried in my way to be free
Leonhard Cohen

Der kleine Vogel, der den Regen liebt

Es war einmal ein kleiner, verrückter Vogel. Der war anders als die anderen Vögel. Denn er liebte den Regen.

Jedes Mal, wenn dunkle Wolken am Horizont aufzogen und Regen in der Luft lag, freute er sich. Er lächelte und flog hoch in den Himmel hinauf, um den Regen zu begrüßen.

Alle anderen Wesen suchten nach Unterschlupf, um trocken und geschützt zu bleiben. So kam es, dass er dort oben oft allein war und den Himmel ganz für sich hatte.

Auch der Regen freute sich. Endlich einmal jemand, der ihn liebte und sich über ihn freute. Das gefiel dem Regen sehr und die Regentropfen ließen sich voller Liebe und Hingabe fallen und tanzten mit dem kleinen Vogel.

Dieser Tanz stimmte den Vogel gänzlich glücklich und zufrieden.

Eines Tages war am Himmel ein weiterer Vogel, um mit dem Regen zu tanzen. Die beiden Vögel erblickten sich und tanzten miteinander. Das machte ihnen Freude.

Nach einigen wilden und intensiven Tänzen gesellte sich zu ihrem himmlischen Glück die Liebe. Die Liebe wiederum ließ das Glück lauter werden. So laut, dass es selbst die Sonne durch die dicken Wolken hindurch hörte.

Sonnen sind vom Wesen her sehr neugierig. Unsere Sonne kommt jeden Tag, um zu sehen, was in der Nacht alles passiert ist.

Als unsere Sonne das Glück durch die dicken Wolken hindurch hörte, wunderte sie sich, wer denn auf Erden so glücklich ist. „Ein solches Glück habe ich ja schon seit langer Zeit nicht mehr gehört."

Sie schuf eine Lücke in der Wolkendecke und sah zwei vergnügte Vögel, die am Himmel mit dem Regen tanzten. Sie spürte die Leichtigkeit der Liebe und hörte die weite Freude des Glücks.

Dieses Schauspiel gefiel der Sonne so gut, dass sie etwas heller strahlte und schenkte, was sie zu geben hatte, ihr wärmendes Licht. Es erschien ein kraftvoll leuchtender Regenbogen am Himmel.

Es folgten viele Tage, an dem beide Vögel oben am Himmel mit dem Regen tanzten und sich liebten. An einigen dieser Tage färbte ein Regenbogen den Horizont und der Himmel strahlte in intensiven Farben.

Eines Tages war der Himmel gefährlich dunkel und die Wolken riesig. Es gab einen kräftigen Sturm, der die beiden kleinen Vögel wild durch den weiten Raum wirbelte. Der kleine Vogel verlor das Bewusstsein und wachte erst am nächsten Morgen in einem Baum auf.

Seit diesem Tag zeigte sich seine Liebe nicht mehr, weder an schönen Tagen, noch an Regentagen.

Der Vogel suchte überall nach seiner Gefährtin. Er fand sie nicht. Er blieb einsam und ein Schleier der Trauer legte sich um sein Herz.

Nach eine Weile verblasste sogar das Gefieder des Vogels. Der Vogel blieb sowohl bei Regen als auch bei Sonne öfter auf einem Baum oder am Boden sitzen. Er flog nicht mehr in den Himmel und er tanzte nicht mehr mit dem Regen. Er trauerte und sein Herz war voller Kummer und Schmerz. Er sehnte sich nach seiner Gefährtin.

Er suchte seine Freundin und den Regenbogen, doch er fand sie nirgends. Es wurde neblig in seinem Inneren und selbst der Himmel blieb grau.

Eines Tages war der Vogel so traurig und wusste sich nicht mehr zu helfen. Er folgte einem Impuls und flog verloren los, nach oben. Ohne Ziel und ohne Ahnung was ihn erwartet oder wo er landen würde.

Er flog und flog immer höher. Dabei merkte er nicht, wie er nach einer Weile durch die Wolken hindurch kam.

Als die Sonne ihn hell anstrahlte und die Wolken weit unter ihm lagen, war ihm, als ob er erwachte.

Er blinzelte, denn das helle Sonnenlicht blendete ihn.

Als die Sonne den Vogel erblickte, erinnerte sie sich an ihn, sein Glück und die wunderbaren Tänze der beiden liebenden Vögel.

„Herzlich willkommen. Es freut mich, dich wiederzusehen. Wo ist denn deine Freundin?"

„Ich weiß es nicht. Wir haben uns aus den Augen verloren und ich finde sie nirgends."

„Was ist denn mit deinen Federn passiert?"

„Verblasst."

„Oh, das ist aber schade."

„Ja, ich vermisse meine Freundin und unsere gemeinsamen Tänze. Mein Herz schmerzt und ist mit Kummer erfüllt.", sprach der Vogel. „Ich habe überall nach ihr gesucht, aber ich finde sie nirgends. Und mir fehlt ein Partner, die Liebe. Ich vermisse den Regen, die Sonne und den Regenbogen."

„Ich verstehe dich sehr gut", sagte die Sonne sanft. „So ergeht es vielen, die einmal das Glück der Liebe kennen und dann einen Verlust erleben.

Da hilft Trost und vor allem die Zeit. Es braucht eine Weile und einen Abschluss, bis du die Freude am Lieben wieder erlebst.

Wenn du magst, erzähle ich dir etwas. Möge es dir ein wenig Zuversicht und Verständnis schenken."

Der Vogel schwieg.

Die Sonne sprach sanft weiter. „Erinnere dich daran, dass alles im Wandel ist. Es kommt, es verändert sich. Nichts bleibt, wie es ist. Es hat einen Anfang und ein Ende. Alles ist vergänglich."

Der Vogel hörte aufmerksam zu.

„Es wird leicht zur Gewohnheit an Schönem festzuhalten und Unangenehmes zu vermeiden. Leider ist das Leben voll von beidem. Nimm das an, was grade im Moment ist. Sei einfach."

Die Worte der Sonne fingen an, in seinem Herzen zu erklingen. Ein friedliches Licht schien sanft und Helligkeit und Wärme breiteten sich aus, dort wo vorher Dunkelheit und Traurigkeit waren.

„Alles ist in dir. Die Sonne, der Regen, die Liebe und das Glück. Ja selbst deine Liebste. Sei es in Form von Erinnerungen oder in Form der Schmerzen über den Verlust. Alles ist ein Ausdruck deiner Liebe."

„Du kannst aufhören zu suchen, vor allem außerhalb von dir. Da wirst du nichts finden. Es ist alles schon in dir. Es findet dich. Aber erst, wenn du aufgehört hast, zu suchen.

Alles ist ein Ausdruck deiner Liebe, selbst deine Trauer, deine Enttäuschungen, deine Schmerzen, deine Sehnsucht, alles ist deine Liebe. Es ist dein eigener Klang, dein Licht, die Farben deines inneren Regenbogens, genauso, wie du bist. Es gibt nichts zu verändern und nichts zu erreichen, es belassen, wie es ist. Du bist in jedem Moment verbunden mit allem um dich herum.“

Der Vogel war still. Die Stille umarmte ihn, seit langem die erste Umarmung.

„Flieg zurück nach unten und ruhe dich aus. Das ist das Beste, was du im Moment tun kannst“, sprach die Sonne sanft und lächelte eine Lücke in die Wolken.

Der Vogel sah, wie hoch er geflogen war und wie klein die Erde und die Bäume unter ihm lagen. Die Worte der Sonne wärmten sein Herz. Er schwebte langsam hinab. Als er an seinem Lieblingsbaum angekommen war, dämmerte es bereits und er legte sich schlafen.

In der Nacht träumte er von seiner Gefährtin, wie sie mit ihm im Regen tanzte und lachte. Am Ende des Traumes küsste sie ihn und sagte: „Danke. Ich habe die Zeit mit dir genossen. Ich habe Freude mit dir erlebt.

Es kam der große Sturm und trug mich weit fort. Mein Leben verläuft jetzt in einer anderen Welt – ohne dich.
Ich wäre gerne öfter mit dir geflogen. Unsere gemeinsame Zeit hat mich erleichtert und freudvoll erfüllt. Ich denke mit Vergnügen an die Regen und Himmelstänze zurück. In meinem Herzen fliegen und lachen wir weiterhin am Himmel zwischen den Regentropfen. Mit dir habe ich die Liebe kennengelernt.

Mich schmerzt zu sehen, wie bedrückt du bist und welche Traurigkeit du in dir trägst. Alles hat seine Zeit, besonders die Trauer.
Doch vergiss nicht die anderen Seiten im Leben. Lass deine
Sonne wieder scheinen und fliege aufs Neue, mir und dir
zuliebe."

Der Vogel wachte auf und war erfüllt von einer sanften inneren
Melodie. Sein Herz war traurig, als ihm bewusst wurde, dass er
seinen Liebling nicht mehr zu sehen bekommen würde. Eine
Träne rann über sein Gefieder und mit ihr ließ er die Hoffnung
und seine Sehnsucht los, dass er seine Liebste eines Tages
wiedersehen würde.

Es war jetzt anders. Keine Angst, alleine zu bleiben, aber auch keine Hoffnung mehr, mit seiner Liebsten im Regen zu tanzen. Es war das, was in Wirklichkeit war, der jetzige Moment.

Und in diesem würde ihm weder die Hoffnung oder seine Angst weiterhelfen. Sie hielten ihn nur in der Vergangenheit der Erinnerung und einer Zukunft von etwas nicht Geschehenem gefangen.

Der Vogel schüttelte sein Gefieder und dabei fiel die Träne zu Boden. Mit ihr löste sich ein Teil seiner Schwere von ihm ab, die sich über sein Wesen gelegt hatte.

Als er am Himmel Regenwolken entdeckte, ergriff ihn eine Freude und er flog seit langer Zeit wieder dem Regen entgegen. Sein Flug war zuerst vorsichtig, dann wurde er immer mutiger.

Tags darauf zogen erneut dunkle Wolken auf und sein Herz war etwas schwermütig. Doch diese Schwere hinderte ihn nicht mehr daran, wieder nach oben zu fliegen, um mit dem Regen zu tanzen.

Die Berührung der Regentropfen erfüllte den Vogel. Diesmal verschmolzen die Tropfen mit dem Herzen und der Seele des Vogels. Er tanzte seine Geschichte, seine Freude, seine Verzweiflung, sein Glück und Unglück, sein ganzes Leben. Vor allem aber war er im jetzigen Moment, mit den Regentropfen, dem Himmel und dem, was gerade eben ist.

Mit jeder Bewegung schien sein Herz in eigenen Farben, ertönte seine Melodie in eigenen Klängen, er war frei und leicht.

An diesem Tag gab es keinen Regenbogen am Horizont, doch das Herz des kleinen und mutigen Vogels war erfüllt und schickte seine Farben in die Welt hinein.

Liebe Leserin und lieber Leser,

Hier endet diese Fabel vom kleinen Vogel, der den Regen liebt.

In einigen Märchen findet der Abenteurer am Ende des Regenbogens einen großen Schatz voller Gold. Der kleine Vogel hat dieses Juwel nicht im Außen gefunden, sondern in seiner eigenen wieder entdeckten Einzigartigkeit.

Allzu oft sucht man im Außen nach Glück und Reichtum, welche so vergänglich sind wie die Tautropfen auf einem Grashalm. Das beständige Glück findet man in seinem Inneren. Oft erst nach einer Menge an Enttäuschungen und Schicksalsschlägen.

Mögen die Wörter und Bilder dieser Geschichte Dein Herz erfreuen und Dir Weite wie Wärme schenken.

Mögest Du weiter die Tänze Deines eigenen Lebens tanzen und mit Deinen Begleitern, Freunden und Familie genießen - bei Sonne und bei Regen.

Möge Dein Wesen dabei in Deinen eigenen Farben kraftvoll strahlen und die Melodie Deines Seins erklingen.

Und falls in Deinem Leben gerade düstere Regenwolken aufziehen, so segnen Dich diese Regentropfen mit dem Glück und Erkenntnis. Dieser strahlenden warmen Stille, die jeder von uns in seinem Inneren trägt. Die sein lässt und annimmt. Alles was ist.

Weitere Werke von Björn Nonhoff

Liebend gerne liebend – Poesie & Märchen

Taschenbuch, 100 Seiten
ISBN-10 : 3831120900
ISBN-13 : 978-3831120901
Abmessungen :
    12.7 x 0.61 x 20.32 cm

Die Sammlung der Geschichten und Gedichte des Geschichtenerzählers Björn Nonhoff, in dem die erste Skizze dieser Fabel enthalten ist.

Ein 100 Seiten umfassendes Taschenbuch aus dem Jahre 2001 ist. Bisher das meist erworbene und gerne als Geschenk weiter gegebene Buch des Autors.

Bestellbar bei allen Buchhändlern und unter www.zeitreich.de

PUNKT.

Taschenbuch : 60 Seiten
ISBN-10 : 3752841214
ISBN-13 : 978-3752841213
Abmessungen : 20.29 x 0.33 x 20.29 cm

Die Geschichte von einem Punkt auf seiner Reise zu seiner Freiheit.
Punkt ist eine Hommage an die Satzzeichen und die Poesie. Als
Zugabe und dem zweiten Buch in einem ist es die unterhaltsamste
Sammlung von Alliterationen seit Heinz Erhard. Eine Liebeserklärung
an die Welt der Bücher die Verstand und Herz beglückt.

Bestellbar bei allen Buchhändlern und beim Autor unter
www.zeitreich.de

artwork – Kunst

Seit mehr als 20 Jahren mache ich Kunst auf Leinwänden, Büchern, Skulpturen und Papiere. Die Werke wurden in jurierten Ausstellungen und Galerien präsentiert.

Die Orginale der Aquarelle sind käuflich erhältlich. Bitte wenden Sie sich an info@zeitreich.de

Weitere Arbeiten sind auf Instagram unter @bjoernmalt veröffentlicht und auf der Webseite www.liebesreich.de

Auftritte des Geschichtenerzählers

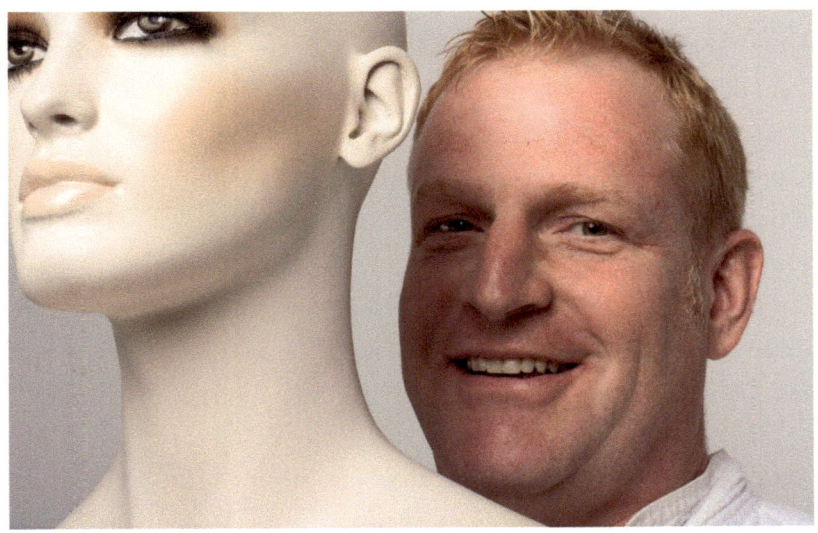

Er betritt den Raum und Töne des Saxophons wecken die Aufmerksamkeit. Mit einfachsten Mitteln entführt der vielmals ausgezeichnete Geschichtenerzähler in die Welt der Phantasie. Ein unvergessliches Erlebnis, das lange die Seele berührt.

Wenn Sie an realen oder virtuellen Auftritten von Björn Nonhoff interessiert sind, erhalten Sie Informationen dazu auf der Webseite.

www.zeitreich.de

Herzlichen Dank

Dankeschön an all die Leser und Zuhörer der Vorabversion und deren Anmerkungen und Korrekturen, Ideen und Inspirationen. Danke an die Besucher der Ausstellung und an die Käufer meiner Werke. Sei es die Kunst oder die Bücher. Dank an meine Kinder und Freunde die mich währen den Phasen des Schreibens und Schaffens in Ruhe gelassen und sonst in den hellen und dunkleren Zeiten begleitet haben.
Danke für den Kunstverein Ebersberg und deren Mitglieder. Sollte ich Dich hier vergessen haben – Danke Dir für Dein Sein und Deinen Beitrag zum Leben.

Herzlichen Dank Ihnen für das Lesen und ich hoffe vom Herzen, Ihnen hat die Fabel gefallen.

Das Buch

Die Fabel von einem kleinen Vogel, der seine Liebe findet, nachdem er sie verloren hat.

Diese Fabel wird von Aquarellen beflügelt, für die einige der kleinen und großen, verrückten und verliebten Vögel dieser Welt Model gestanden haben.

Sie ist ein Dank für das Leben und unsere Natur, verbunden mit meinem Gebet, dass die Herzen möglichst vieler Wesen in Ihren eigenen Farben leuchten und ihre innere Melodien erklingen und wir um diese uns allen innewohnenden Schönheiten wissen.

Der Autor

Der Geschichtenerzähler Björn Nonhoff lebt im Osten von München. Er begeistert mit seinen Werken gerne live das Publikum. Seine beliebten Auftritte haben mehrere Kleinkunstpreise gewonnen, ein Teil der Geschichten wurden im Radio erzählt und seine Kunstwerke sind in jurierten Ausstellungen und Galerien vertreten.